바람코지에 두고 간다

이명수 시인

1975년 월간시지《심상心象》(박목월 시인 추천)으로 등단
시집『공한지空閑地』,『울기 좋은 곳을 안다』,
『風馬 룽다』외
시선집『백수광인에게 길을 묻다』
충남시인협회 회장 역임. 한국시인협회 이사
계간시지《시詩로 여는 세상》대표
이메일 lms4528@hanmail.net

바람코지에 두고 간다

이명수 시집

초판 1쇄 발행일 2014년 7월 20일

지은이 · 이명수
펴낸이 · 김종해
펴낸곳 · 문학세계사
주소 · 서울시 마포구 신수로 59-1(121-110)
대표전화 · 702-1800 ㅣ 팩시밀리 · 702-0084
mail@msp21.co.kr ㅣ www.msp21.co.kr
트위터 : @munse_books
페이스북 : facebook.com/munsebooks
출판등록 · 제21-108호.(1979.5.16)
값 10,000원
ISBN 978-89-7075-586-1 03810
ⓒ 이명수, 2014

바람코지에 두고 간다

이명수 시집

문학세계사

길 위에 있을 때

작고 예쁜 바다에 이르자 '경이로움'이 머릿속에서 퉁겨져 나와 가슴을 불방망이질한다.

바다 쪽으로 기울어진 길가에 유랑 노점 카페 '그리스인 조르바'가 있었다.

바다 쪽 나무 의자에 앉아 커피를 마시며 살아서 만나는 바다도 살아 있기에 나의 어머니이며 나의 눈부처라고 생각했다.

그리고 바다와 맞닿은 올레길을 걸으며 '돌 위로 파도가 넘나들듯, 우리는 시간을 가로질러 여행한다(폴 발레리)'라고 되뇌었다.

길 위에 있을 때 나는 시간을 잊고, 시간은 잊은 만큼 길어진다.

이 시집의 시詩 절반 이상이 제주에서 씌어진 것도 우연은 아니다.

2014년 하지夏至 무렵 제주 고산高山 수월헌水月軒에서
이명수

□ 차례

1

2

3

4

1

나는 독거노인이다

'나는 누구인가' 라는 책을 읽고 있는데
젊은 여성이 찾아와 문을 두드린다
누구세요
독거노인 현황 조사를 나왔단다
조목조목 묻고 받아 적는다

가끔 제주에 와 살면서
앞집, 옆집, 뒷집 모두가 독거노인이라고
투덜거렸는데
정작 내가 독거노인이라니,

맞다
아무리 책을 읽고 또 읽어도
내가 나를 모르니 공염불이다

독거노인인 게 맞다

내가 나를 생각하지 않는 곳에

내 몸이 놓여 있다

혼자 밥 먹다

가을 한철 '자발적 유배' 살이를 했다

추사는 내가 기거하는 고산과 이웃한 대정 귤중옥橘中屋
에서 9년 간 '위리안치圍籬安置' 유배살이를 했다

가시방석에 앉아 혼자 밥을 먹으며 추사는 무슨 생각을
했을까

키이스 페라지의 「혼자 밥 먹지 마라」를 읽으며 혼자 밥
을 먹는다

앞집, 옆집, 뒷집에 혼자 사는 할머니들도 혼자 밥을 먹는
다

"서쪽에서 빛살이 들어오는 주방, 혼자 밥을 먹는 적막"*
에서 시간과 겨루어 슬프지 않은 사람이 있을까

추사는 가시밥을 먹고 한기 서린 책을 읽으며 세한도歲寒
圖를 그렸다 그에게 혼자 밥 먹는 일은 온축蘊蓄의 의식이었
으리라

14

추사 곁에서 배운 '온축'의 힘으로 시를 쓴다

자발적 유배지에서 쓴 시가 사막에 버려진 무상 경전이

되어도 좋으리

*박경리의 시 「못 떠나는 배」의 한 구절

달달박박怛怛朴朴

혼자 밥 먹고 설거지에 청소까지
갈급증 내며 붓방아 찧는 것도 구차하다
몸을 달달 볶고 가슴팍 박박 할퀴는
겨우살이가 남루하다

신라 고승 달달박박은
육신을 달달 볶는 수행으로
생불이 되었다는데 난 어림없다
어림 반 푼어치도 없다

하지만 자발적 유배, 유형流刑인 것을,
추위와 고적을 마다하지 말고
걷자, 정처 없이
외로움이 힘이다

16

하루하루가 신이다
지칠 때쯤 검은 모래 해변에 누워
차귀도遮歸島 하늘의 불덩이를 끌어안자

아주 놓치기 전에 사라지기 전에
내 안의 불씨 살려 내 시를 굽자
달달 볶거나 할퀴지는 말자

혼자면 어떠냐, 천둥벌거숭이면 어떠냐
되지도 않는 말춤 추다
지치면 눕고
배고프면 밥 한 술 뜨고

바람코지에 두고 간다

오랜만에 봄볕이 좋아 빨래를 했다
속옷을 오래 입으면 홀아비 냄새가 난다
뽀송뽀송한 속옷 갈아입고 신도포구로 갔다
한창 물질하던 해녀들이 줄지어 집으로 간다
미역 가득 찬 망사리와 태왁의 어깨 너머
노을이 붉다

서둘러 돌아와 빨래를 걷었다
한데 속옷 하나가 보이지 않는다
집게로 꼭 집어 놨는데
내 몸을 잘 아는 기능성 내복인데

앞집, 옆집 담 너머를 기웃거려도
보이지 않는다

이놈의 팬티가 바람이 났나,
이놈의 팬티? 이놈은 난데!

청명한 날 짐을 꾸려 집을 나섰다
허연 장딴지를 드러낸 겨울 무들에게
잘 있으라 인사하고 한참 걷는데
삼나무 가지 끝에 뭔가 걸려 있다
앗, 내 팬티!
나무를 흔들고 돌을 던져도
펄럭이고 있다
그래, 너를 두고 간다
고산 바람코지에 보시하마
아니다, 다시 올 날을 위해
내 몸을 두고 간다

시간의 온도

쥐며느리가 돌 틈에서 기어 나온다
돌이 봄이 왔음을 알려 준 것이다
쥐며느리의 시간은 상대적이다
추우면 검은 돌 속에 들어가 잠을 자면 된다
시간을 잊으면 잊은 만큼 길어진다

내가 인사동 거리를 걸을 때
누군가와 만나고 헤어질 때
버스를 타고 시계를 보며 조바심 낼 때
시간은 절대적이다
도시의 시간은
길이와 주기가 일정하기 때문이다

날이 추워지면 제주 빈집에 간다

빈집의 시간은 멈춰 있다
보일러 타이머를 보며 시간의 온도를 잰다
밖이 추우면 10도의 눈금에서도 불이 붙는다
온도를 올려놓고 잠을 잔다
쥐며느리는 돌 틈에서, 나는 돌집에서 잔다
가끔 바람의 온도가 달라지는 것을 느끼며
올레길을 걷는다
발끝이 시간의 온도를 정확히 감지한다

쥐며느리들이 마당을 바삐 기어 다닌다
봄이다,
나는 비행기 시간에 맞춰 짐을 꾸린다
쥐며느리의 시간 속에서 나와
도시의 시간 속으로 날아가기 위해

눈부처

선사유적지 발굴 현장 근처
발길에 무언가가 밟힌다
수크령 풀섶에 새끼 고양이 한 마리
숨어 울고 있다
야옹아, 야—옹아!
살금살금 다가와 발등에 볼 부비며 다리 사이를 맴돈다
뼈만 남아 앙상한 어린것아,
생존에 미숙한 어린것아, 기다려라,
집으로 달려가 고기 몇 점 싸들고 되짚어 갔다
허겁지겁 배를 채우고 나를 올려다본다
이제 살겠다는 듯 가는 신음 소리 들린다

눈에 밟혀 이튿날 꽃멸치 한 움큼 들고 찾아갔다
바짓가랑이 타고 올라 내 볼을 핥는다

저물도록 마주 앉아 눈맞춤을 하고 있다
고양이 눈에 석양빛 받은 내 얼굴이 얼비친다
아, 네 안에 내가, 내 안에 네가,
우린 서로에게 눈부처로구나
길에서 만나는 눈부처로구나

가던 발길이 자꾸 멈칫거리는 것은
살아서 만나는 눈부처가
길가 어딘가에 들어 있기 때문이다

꽃멜

해 질 녘 모슬포 부둣가 한 귀퉁이
아들이 갓 잡아온 멸치를
멸치 같은 할머니가 손질해 말리고 있다
은빛 물결 잦아들면
멸치는 숨죽이며 몸을 뒤척이고,
노을빛에 할머니가 꽃처럼 곱다
5천 원 주고 꽃멜 한 봉지 얻어 배낭에 넣었다
몇백 마리 멸치 온기가
한기 어린 내 등을 덥혀 준다

갈매기들이 따라온다, 길고양이도 따라온다
'한 마리 주면 안 잡아 먹지'
절반을 주고 십리 길 절반은 왔다
그래, 내 손으로 잡은 것도 아닌데,

혼자 걷는 길에 동무 삼았으니

남는 장사다

은빛 멸치를 마당에 풀어놓았다

당선에서 멜밭을 보고

망선에서 후림을 늘여

서캐코는 서역콧으로

동캐코는 눈구문여로*

한 이틀 나도 봄볕에 몸을 말리며 함께 놀았다

몸이 고프다

물엿에 참기름 몇 방울, 고춧가루 조금 얹어

달달 볶았다

지수화풍地水火風이 절묘하다

뱃속이 조화를 부린다
바다가, 하늘이, 바람이, 불길을 타고
몸속으로 들어온다
꽃멜 하나에 이밥 두 술
공자님 말씀대로 한 끼니 공양한다
일단사일표음一簞食一瓢飮

꽃멜 먹고 꽃잠 잔다
이 정도면 족하다

*제주 〈멸치 후리는 소리〉 한 대목

26

다랑쉬

간밤 예쁜 오름 하나 품고 잤다
다랑쉬 그녀, 오리무중이다

구좌읍 세화리와 송당리
비자림에서 만난 노인에게 물었다
손으론 동쪽을 가리키며 남으로 가란다
망연茫然하다

건너편 용눈이에 오른 뒤에야 알겠다
다랑쉬에 가면 다랑쉬가 보이지 않는다
너에게로 가면 네가 보이지 않는다
용눈이에서 건너다본 다랑쉬 그녀,
굽이치며 흐르는 달항아리 능선
예쁜 아기 잉태한 어머니다

오름과 오름 사이

어깨를 맞대고 누워 있는

너와 나 사이

달이 뜬다

푸른 독 품은 달빛이 굼부리에 묻히고

우두커니 마주 보는 어둠 속 너와 나,

이제야 너에게로 가서

나를 보겠다

나도바람까마귀

밤낮없이 운다 꽈악, 꽉,

이름은 바람까마귀

길 잃은 새란다

바람까마귀는 태풍에 길을 잃고

나는 시詩 속에서 길을 잃고,

바람까마귀는

바람코지에 와 산다

나도 바람코지에 와 산다

'나도바람까마귀' 란 새 종種이 되었다

밤이 되면

바람까마귀와 나도바람까마귀와 해무가

한데 엉겨 논다 꽈악, 꽉, 외롭지 않다

깔때기바람

바다 물그림자가 점점 짙어진다
검은 들녘에서 만난 동풍과 남풍이 해변을 따라 뒹굴다
바람코지에서 돌개바람으로 몸을 바꿔 온 마을을 덮친다
돗갱이다, 돗갱이주제다

시도 때도 없이 온다
닭이 뱀을 잡아먹고, 뱀이 여우를 물고, 여우가 닭을 잡아먹
고
바람이 마을을 잡아먹는다

홀어멍들이 문고리를 잡고 떤다
돌담이 바람을 끌어들이고 있다
돌담은 밖이 열려 있고 안으로 들어갈수록 비좁아진다
바람이 돌담의 속속곳 안쪽으로 깊이 들어오면

집들은 빈 소주병처럼 운다
깔때기바람이다

검은 돌은 바람의 성감대를 잘 안다
제주가 왜 음기의 땅이겠는가

살아남은 노인 열 명 중
여덟은 홀할망, 둘은 하르방이다
앞집, 옆집, 뒷집 홀할망들의 돌담이 감싸안고 있는
수월헌水月軒
선문대 할망이 돗갱이 바람을 몰고 온다

돌하르방처럼 서서
돗갱이를 맞는다

목구멍에서 깔때기 대롱을 타고
오장육부를 감돌아 빠져나간다
몸이 몸을 빠져나간다

반보기

손님이 멀리서 찾아오면
중간쯤 나가 마중한다

제주공항에서 수월헌水月軒의
중간은 애월涯月,
자구내 포구에서 한림, 월령코지, 명월 지나
애월 곽지모물까지
낮달과 함께 네 개의 바다를 건너간다
그는 이호, 하귀, 구엄 건너
고내포구를 지나오고 있을 것이다

딸과 어머니가 일 년에 한 번
시집과 친정의 중간쯤에서 만나
마중과 배웅을 절반씩 나누는

중로상봉中路相逢이 오늘 같다

그를 보내고
네 개의 바다를 되건너 오는 길
해와 달이 수월봉 아래 차귀도遮歸島에서
반보기를 하고 있다
달빛 멀리
담배씨만큼 그의 등이 보인다

절해고도絶海孤島

뭍에서 온 손님들이 함께 놀다 훌쩍 떠났다

 모슬포에 사는 이씨 부부 일행은 마라도에서 물질하다 풍
랑을 만나 배를 띄우지 못했다 꿈속에 신령이 나타나 애기
업개를 섬에 남겨 두면 뱃길을 열어 주겠노라 했다 일행은
애기업개를 두고 떠났다 풍랑이 멎고 달이 환한 밤이면 마
라도 당집에서 애기업개가 운다

 정 시인은 떠나면서 '슬픔의 결'이라 쓰고
 박 시인은 '골기骨氣'라고 썼다
 한 여인은 휑한 내 눈에 안경을 씌운 초상을 그리고
 '고산달마高山達磨'라 흘려 썼다

 한 삭이 몇 삭으로 부풀고

사나흘이 삼 년이 되면

온몸 저린 슬픔의 결이 삭아 내려

골기骨氣만 남는다

달빛 밝은 보름밤, 바닷가에 나가

달빛 업고 운 적도 있고

돌아서서 누군가를 절해고도로 만든 적도 있다

비방秘方
−정진규의 시 「水月 가서」에 답함

겨울이 깊어지면
제주 고산 들녘에 겨울 무 퍼렇게 일어선다
허벅지부터 장딴지까지 맨살 드러내고
알싸한 떨림으로 줄지어 서 있다
정 시인은 그걸 보고
흙 속에 묻혀 있는 그의 버팀이 매우 궁금해
수월水月로 되돌아왔다고 했다

그의 버팀,
검은 흙을 누르는 바람에 대한 반역의 힘이다

흙 속엔 화산탄이 살고 있다
바람이 그 독毒을 보듬어 품고 다독인다
뜨거운 흙과 차가운 바람이 만나

극恨을 생生으로 여민다
비방秘方이 거기 있다

겨울이 깊어지면
훌훌 털어 버리고 제주로 간다
매운 돌개바람에 맞서
저잣거리에서 쌓은 독과 살을 풀어 버린다
들판에게 배운 비방이다

누워서 쓴 시

천장 보고 드러누워 연필로 시를 쓴다
술술 잘도 풀린다

엄숙하게 책상머리에 앉아
폼 잡고 만년필로 또박또박 눌러 쓰면
말에 피가 돌지 않는다
초발심은 날아가고 붓방아질이다
글씨 공부야 되겠지만 공염불이다
허리가 아프고 다리가 땅긴다

목에 힘을 빼고 온 몸을 부르르 털고
벌렁 드러누워 하늘에 대고 시를 쓴다
하초下焦가 뚫리고 방귀 소리도
힘차구나

시가 별거냐,
막막해지면 휘휘 돌아 한바탕
잡동사니들과 어울려 놀다
온 몸이 노긋노긋할 때
맥없이 허공 한번 보자

말의 피가 네 가지에 꽃을 피워
하늘거린다
마음은 꽃잎,
꽃송이 송이송이
시가 제 마음대로 열린다

능소

고요 속 빛 몇 점

황홀해라

밤비 내린 뒤

진홍빛 꽃으로

지붕 위까지 덮어 버린

눈 시린 저 생명

통성명도 제대로 못했지만

내 눈 속에 네가

네 눈 속에 내가 있으니

없는 듯 있는 넌 황恍

있는 듯 없는 난 홀惚

고적한 섬집에서

한철 연분을 맺으려면

이리 이리, 가까이 오라

알고 보니 네가 능소로구나

아니다,

거기 그냥 있거라

2

귀틀마루 앉은뱅이책상 앞에 앉아

어느 초가집 쪽마루가 내게 와 책상이 된
어떤 연緣 있으리라

밥을 먹다가 술을 마시다가 책을 보다가
턱을 괴고 앉아 생각을 가로세로 짜 맞추다가

책상이 아니라 집이다
백면서생에게 걸맞은 글 집이다

나무의 속살에 켜켜이 쌓여 있는
생명 압축 파일을 꺼내 본다
삶이 죽음에서, 죽음이 삶에서 나왔다는 말이
빈말이 아니다
서로 보듬어 안고 맞물려 도는

이 상처의 문장紋章들

책상을 어루만지다 손끝에 거스러미가 들었다
거스러미 뽑아 내고 책상을 뒤집어 들여다본다
아무 칠도 하지 않은 백골白骨에
몇 글자 숨어 있다
계신공구戒愼恐懼
누군가가 주는 계戒
이것이 귀틀마루 앉은뱅이책상이 내게 온
본뜻인가

귀틀에 귀대고 졸다
문득 비문秘文을 듣는다

장마

한 달 장마에 물먹은 하마가 되었다
바퀴벌레가 출몰하고 거미는 문마다 줄을 쳐놓고
내 목을 휘감는다 넌 하마도 먹니,
문밖에는 쥐며느리와 쑥부쟁이가 마당을 점령한다
잡아도 뽑아도 끝이 없다

안방에 들어와 향을 피우고 책을 펼친다
창조론자 파스퇴르가 말을 건넨다
'생물이 생명 없는 물질로부터 생겨나는 것을 보았소?'
그렇지, 태아가 처음엔 짚신벌레 같은 단세포로 와서
물고기처럼 아가미로 호흡하다
파충류, 포유류 모습으로 자라나 사람이 되지

된다는 것은 자라는 것, 만들어지는 것, 다른 상태로 변하

는 것이다

　　침팬지가, 개코원숭이가 어떤 생명으로부터 생겨나

　　나보다 먼저 지구에 왔고,

　　나는 한 달 전에 이곳에 와 물먹은 하마가 되었다

　　바퀴벌레야, 거미야, 쥐며느리야, 쑥부쟁이야,

　　너희가 먼저 와 있었구나

　　기를 쓰고 번식하는 너희들처럼

　　나도 시詩 알을 품고 음습한 장마철을 견디다 보면

　　무엇이 돼도 되겠지, 자라며 만들어지겠지, 변하겠지

따개비

바위에 달라붙어 징개호미로 찍어 내도
좀처럼 떨어지지 않는다
기를 쓰고 버티는 따개비가
가상하고 측은하다

한때는 내게 붙어 살던 식솔들,
그때는 내가 바위인 줄 알았는데
이제는 아니다

어딘가에 달라붙어 근근이 사는
따개비를 떼어 낸다
나를 떼어 낸다
가상하고 측은하다

풍경

멀리 달아나려는
해와 갈매기를 잡았다
한순간이다
나는 잡았다고 생각했는데
해는 져서 바다가 되고
새는 날아가 허공이 되었다
내가 잡은 것은
카메라 액정 화면에 뜨는
잔상

나는 잡았다고 생각했는데
그녀는 잡혔다는 생각이 없다
내 곁을 스쳐가는 한 마리 새
셔터 버튼이 끊는 한순간이다

저문 수평선

그녀의 잔상만 바라보다

나도 지워지고 있다

과부탄

마라분교 전교생인 현진 수현 남매가

기원정사 마당에서 논다

바다가 심심해 절집 스님과 논다

깨진 기왓장에

출렁이는 바다와 삐딱한 등대를 그려 넣는다

현진이에겐 그 일이 기와불사다

왜 등대를 비스듬히 그렸냐고 물었더니

'과부탄'이란다

부처님과는 무관한 일이다

마라도에서 모슬포로 돌아오는 뱃길

가파도 지날 무렵 멀리 등대가 보인다

기울어진 채 위태롭게 서 있는 과부탄 등대

떠도는 소문처럼 바다가 솟구쳐 오른다

태풍 마니가 덮쳐 40도쯤 기울어진 것은 맞지만
남편 잃은 아낙들의 탄식이 쌓여
'과부탄'이란 이름을 얻게 된 건
너무 평범한 정설
천지조화를 생각해 보면 그렇지 않다
사내들을 무인 등대로 끌어들일 수 있는 기운은
정체불명의 음기였으리라

탐라를 휘감는 음기의 시원은 어디일까
밤이면 산방산에서 내려온 바람이
먼 바다에서 몸을 바꿔
너울 타고 붉은오름을 오른다
홀로 사는 할머니들에 둘러싸인 수월헌水月軒엔
쓰러지지 않기 위해 밤새 버티고 선 한 사내,

위태로운 무인 등대가 있다

내가 비스듬해진다

몸살

강정마을 근처 구멍가게 평상에 앉아
뒤집히는 바다를 본다
할머니가 유모차를 밀고 와 곁에 앉는다
할머니, 어디가 편찮으세요
전국적으로 다 아파,

누구에게나 몸이 지구다
지구가 아프면 몸이 아프다
에티오피아가 아프다
탈북 난민이 아프다
후쿠시마가 아프다
강정마을, 구럼비가 아프다

전국에 강풍 특보가 내려졌다

으슬으슬 봄바람 먹은 내가 아프다

때를 아는 꽃몸살이다

그래,

아프지 않게 오는 봄날이 있었더냐

자리

자리는 태어난 자리에서
새끼 낳고 살다
그 자리에서 죽는다
어린 새끼들이 그리운 이중섭이
글썽이는 눈으로 섶섬을 건너다보며
자리물회를 먹었을 그 자리
보목포구 해녀 집에 자리잡고
자리물회에 한라산을 마신다

한 시인은 칠십 넘게 보목동 한 자리에서만 사셨죠
나는 이리저리 옮겨 다니며 살았어요
자리가 사람 모양새를 만드는가 보죠

섶섬을 감싸 안은 비안개 어디쯤

중섭의 글썽이는 눈빛 어디쯤
돌아나온 바다가 쉼없이 찰랑거린다

오늘 하루 강수량만큼 한라산을 마셨다
자리를 뜨려는데 맞은편에서 물었다
오늘밤 잠자리는 어디요,
빗소리 재는 강우계 눈금 어디쯤
설핏 젖어 잠들겠지

붉은돔

회를 좋아하는 친구가
수조에서 펄떡이는 붉은돔 한 마리를 가리키며
저놈을 잡아 달란다

웬다트 부족 마을에선 사냥하기 전에
짐승에게 큰소리로 알린다
우리 집 식구가 다섯인데
노모는 병들어 신음하고 어린것들은 며칠째 굶었다,
짐승이 알아듣고 눈을 껌벅이면
원주민 사내는 비로소 활 시위를 당긴다

상 위에 올려진 후에도 껌벅거리는
붉은돔의 눈을 피해 바다만 바라보다
젓가락을 놓쳤다

객주리*

공복空腹이 추사 유적지를 돌아 용머리 해안으로 내려온다
산란함은 가라앉히고 평온함으로 길을 내
모슬포 부두식당에 들어선다
따뜻한 공복이 생선 조림을 부른다
지천의 봄꽃이 귀하듯 객주리가 귀한 인연으로 내게 온다
객주리, 어느 물길 타고 여기 와 나하고 만난 것이냐,
　제주 겨울 무와 감자 함께 조린 것에 볶은 메주콩이 곁들
여진다
　이목구심耳目口心이 순해진다
　공복감과 포만감 사이 객주리 한 마리가 하초를 타고 흐
른다
　지수화풍地水火風의 조화가 고요한 에너지가 된다

　사시장춘四時長春,

내 몸이 늘 봄날이다

*쥐치의 제주 방언

내 나무

수월봉 아래 바람 언덕
깡마른 나무 한 그루 위태롭게 서 있다
밤낮 두이레 열나흘 샛바람
미궁 속에 중심을 둔다
바람의 기울기를 가늠해
몸의 기울기를 맞춘다

어둑하게 서서
바람을 쓰다듬어 길을 내주는
검은 초록의 아득한 번짐
애잔하다

빛의 알갱이가 쏟아져 내리는
차귀도 해넘이

황홀한 풍경 앞에
쓸쓸함을 풀어 낸다

한 백 년 바람 먹은 내 나무
바람이 지쳐 잠드는 밤이면
서천 꽃밭을 향해 묵상한다
뿌리가 파도 너머 샛바람을 넘는다

할머니 이쁘다

바람처럼 대정현 성곽을 돌다

추사로秋史路에서 정난주 묘를 찾는다

오토바이 탄 할머니가 길을 가르쳐 주고

휭하니 앞서간다

나는 정난주의 기구한 삶을 생각하다

길을 놓쳤다

삼나무 숲에서 한참 쉬며

담배 한 모금, 물 한 모금 마신다

저기 그 할머니가 온다, 오토바이 타고

정난주 무덤가 밀감밭에서 땄다며 밀감을 건네준다

한두 개만요,

아홉 개를 손에 쥐어 주고 사라진다

집도 이름도 모르는 할머니

뒤태가 이쁘다, 밀감을 먹는다, 이쁜

아줌마 이쁘다

한담 포구, 애월涯月에 숨어 있다
나만의 작은 해수욕장이다
바람 잦아든 날 잡아 인증샷 하고
아련하게 먼 바다로 눈을 돌리는데
파란 물결이 손짓한다
취나물이란다
그냥 물어봤는데
몸뻬 입은 아줌마가 한 줌 베어
배낭에 넣어 준다
아줌마도 인증샷!
파도가 순한 어느 날 다시
애월 취나물밭에 가
그 아줌마를 찾으리라
취—하고 미소를 지으리라

위미리爲美里

할아버지 동백 아래 올망졸망 애기동백

붉은 혀를 빼물고 말씀을 받아 적는다

침묵이 허공에 묻히는 하루가 깃털이다

위미리에 저녁이 오고

서쪽 바다 노을을 광배처럼 감싸안는 동백 군락지

키를 맞대고 애기동백이 애기동백을 재운다

번지는 고요를 품고 꽃잠 자는

저기 선문대 할망 평안하시다

사는 법法

제주엔 같은 날 여러 집이 모여 함께 제사 지내는 마을이
많지

아낙들은 얕은 바다에서 물질하고 사내들은 파도를 헤쳐
먼 바다로 나가지
무상한 것이 날씨인지라 부지불식간에 해무가 몰려오고
너울이 집채만 한 파도를
몰고 와 꼼짝없이 사지에 내몰리지
죽음은 이웃이고 삶은 잡히지 않는 이어도라고
동네 사람들이 바닷가로 나와 횃불을 들고 징과 꽹과리를
두드리며 울부짖는다
칠흑 같은 어둠과 겹겹의 해무 속에서 한 가닥 희미한 부름,
기미를 쫓아 육지 쪽으로 육지 쪽으로 헤엄쳐 나온다
날이 밝고 바다도 평온을 되찾았다

육지 쪽으로 헤엄쳐 나온 이들은 파도에 휘말리고 암벽에 부딪혀 명을 다하고

　바다 한가운데에서 난파선을 부여잡고 꼬박 사흘을 견딘 이들은 살아 돌아왔다

　죽는 법이 사는 법이다

3

총알개미 성년식

아마존 전사가 되기 위해선

총알개미 성년식을 치러야 한다

신의 영혼을 불러 인간이 되는 의식은

잔혹하다

인디오 부족들이 독 오른 수백 마리의 총알개미를

대나무 장갑 속에 넣고,

열 살 소년은 그 속에 두 손을 집어넣는다

세 번 기절하고 세 번 깨어나

비로소 소년은 성년이 되었다, 아마존의 전사가 되었다

나도 총알개미 성년식을 치렀다

양 어깨뼈에 나사못을 박고

끊어진 힘줄을 잡아당겨 묶었다

화살이 날아와 몸속에 박히고

뚫린 구멍 속으로 총알개미들이 파고들었다
화염방사기가 온 몸을 덮쳤다

잠의 동굴에서도
왼쪽과 오른쪽을 넘나드는
고통의 간격을,
내 몸속에 박힌 일곱 개의 못과 거기에 매겨진 번호를
기억하려 애썼다
고통 때문에, 슬픔 때문에 죽지는 않는다고
되뇌며,

이렇게 일흔에 성년이 되고서야
내 몸의 절반이 고통으로 이뤄졌음을 알고서야
고통은 따뜻한 비애가 되었다

유년의 유리구슬

보령호가 가뭄 끝에 바닥을 드러냈다
고향을 물속에 묻고 떠났던 원주민들이 돌아왔다
돌아오는 데 40년 걸렸다
내 유년의 봄날이여,

옹기장수 장 영감은 보이지 않는다 소처럼 일만 하던 한
생원도 돌아오지 못했다 박가분 팔던 방물장수 군산댁은
어느 장터를 떠돌고 있을까, 촌구석에서 썩지 않겠다고 눈
길을 헤치고 떠난 일선이는 무엇이 되어 있을까.
내 유년의 봄날이 바닥을 드러낸 저수지
아지랑이 속에 피는 연화烟花처럼 어른거린다

외할머니는 늘 남다른 사람이 되라고 타이르셨다
그러나 나는 불빛 휘황한 세상을 꿈꾸었지

깊이 박혀 있는 시간의 대못을 뽑고 옛집 터에 들어선다

청상靑孀으로 종갓집을 지킨 외할머니, 외숙모의 목소리가 들려온다

외할머니, 저 남다른 사람이 되지 못했습니다 딴 세상은 손에 잡히지 않는 헛꽃이었습니다

토우土偶 두 개를 묻었다

흙 속에서 빛나는 저것, 내가 감춰 둔 유리구슬이다

학교 파하면 도갓집 지나고 면사무소 앞 전방을 돌 즈음, 날 저물면 발이 떨어지지 않던 산모롱이 상엿집, 하모니카를 불며 무서움을 쫓던 그 길을 되짚어 간다

도화담桃花潭 앞에서 막차를 놓친 여행객처럼 주저앉아 유리구슬을 꺼내 본다

용서받지 못했던 죄 하나 쓰다듬으며 날 저물도록 주저앉

아 있다

물길 따라 흘러 서해 어디쯤, 복사꽃 피는 섬에 이르면
내 유년의 봄날을 다시 만날 수 있을까

아브라카다브라*
-염소 한 마리

세상에, 염소 한 마리가 2만 원이라구요, 수녀님.
내가 피우는 일주일분 담뱃값에도 못 미치는
어처구니입니다
염소 한 마리의 희망 사진전**을 보며 할 말을 잃었습니다

어린 딸을 염소 한 마리 값에도 못 미치는
돈을 받고 팔아 생계를 잇는 나라,
그런 세상에 염소 한 마리를 보내면
소녀가 몸을 팔지 않아도 되고
공부도 할 수 있다는 말이 참말입니까, 스님.

어린 시절 외할머니는 허약한 나를 위해
해마다 염소 한 마리씩 보내 주셨습니다
염소 덕분에 내가 명줄을 이었으니

연緣의 밧줄은 서로 얽히고설켜 있는 게 사실이군요
내가 염소입니까,
염소가 나입니까,

5주 동안 담배를 참으면
내 몸 속에 사는 염소 다섯 마리의
희망이 있는 겁니까, 교무님.
나를 살려 준 염소가 연기緣起의 바퀴가 되어
먼 나라 이름 모를 누군가를 살려 낸다면
그것이 희망입니다
아브라카다브라

*아브라카다브라Habracadabrab는 히브리어로 '말한 대로 될지어다' 라는 뜻.
중세 사람들은 이 말을 열병을 다스리는 마술의 주문으로 썼다고 함
**수녀, 비구니, 원불교 교무 등 여성 수도자 모임 '삼소회'가 에티오피아
여성과 소녀를 돕기 위해 개최한 자선 사진전

니체의 숲

저녁 6시 혜화동 성당

등 굽은 수사가 종을 친다

수사는 소리의 구름판을 딛고

가을 햇살에 떠 있다

지난여름 스피커에서 지글지글 뿜어 나오던

외침은 가라 스마트폰은 가라

햇살이 꼬리를 물고 도는 소리의 원

숨을 고르며 소리와 소리 사이 정적을 밟고

느릿느릿 돈다

오래된 책방 동양서림*

유리 진열장에서 빛바랜 니체를 꺼낸다

'죽음을 피하려면 생명만큼 값진 것을 바쳐야 한다'

죽음보다 삶의 예감이 몸서리치는

저녁 6시에서 7시 사이

혜화동에서 성북동으로 성城을 넘는다

'인간적인 너무나 인간적인' 길을 걸어

니체의 숲으로 가자

*1978년까지 장욱진 화가의 아내가 경영하던, 혜화동 로터리에 위치한
 서점

기근氣根

지난겨울 천리포수목원에서
영물靈物을 보았다
땅을 박차고 불끈 솟아오르는
영기靈氣,

뿌리는 '살아 있는 죽은 존재' 라고 정의한
어느 학자의 믿음을 의심한다
사람에겐
자신의 근원을 좀처럼 드러내지 않으려는
근성根性이 있다, 그래서
살아 있는 나무는
은밀히 감춰져 있어야 한다고 믿는다

지상으로 솟아올라 하늘을 꿈꾸는

공기 속의 뿌리

기근氣根은 반란이다

잠자는 생명의 근원을 흔들어 깨우는

뜨거운 충동,

말 저편에 있는 말을 끌어당겨

살아 있는 말의 몸으로 바꾸는

반란의 영기문靈氣文이다

우두망찰

남의 집 담 너머
꽃보다 먼저 넘어졌다
무릎이 땅바닥을 내리쳤다
홍매 화들짝 핀다
무릎에 흑매 해뜩발긋 부풀어 올랐다
우두망찰한,

꿇어앉아
엎드려 누운 선홍빛 얼굴들
가만히 하늘 향해 뒤집어 놓았다

저 꽃들
가시지 않은 겨울 기미 속
눈물 빼물고 있는 저 사람

허전허전하다

절룩이며 삼천대천

화엄의 봄 바다를 건너다본다

어깨

어깨에 힘주고 살았나
철없이 건들건들
맥 모르고 으쓱으쓱
그렇게 한세월
어깨도 못 되는 것이
그것도 모르고

힘줄기 힘없이 끊어진 것도 모르고
빗장뼈 육탈한 것도 모르고

어깨를 열어
끊어진 극과 극을 당겨 꿰맸다
에넘느레한 것들,
얼기설기 덧대고 이어 붙였다

치타의 눈물선이다

애먼 데 힘쓰지 말고
어깨 힘 빼라
어깨가 날개다

날개병원

날개병원 쇠침대에서 깨어납니다

수액을 달고 손전등을 들고 5층 옥상에 오릅니다

별들은 날개 상한 새들의 꿈자리입니다

별 속으로 날아갑니다

쌍봉낙타를 타고 명사산 막고굴까지 날아갑니다

잠 속의 길은 늘 일방통행입니다

한쪽으로 기운 날개는 원을 그리며 기우뚱합니다

밤마다 위태롭게 깨어나는 벼랑 끝

날아도 날아도 제자리입니다

어둠 속에 허공이 숨어 있습니다

혈관을 타고 흐르던 수액이 허공의 눈금에서 찰랑거립니다

잠 속의 길들이 지워집니다

진통제 한 알과 안정제 반 알을 털어 넣습니다

누군가 주기도문을 외우고 또 누군가는 염주알을 굴립니다

밤마다 어둠을 쪼며 날개를 파득이는
날개병원 5층 203호 비상구 표시등 아래에서
어깨가 날개라고
날갯짓이 시라고 썼습니다

병동과 병동 사이에서

아픈 사람들 틈에 끼어
아픔의 보폭을 줄이며 어깨를 다독입니다
병동 건너편에 동물병원이 있습니다

무성한 풀꽃의 경계 너머를 기웃거립니다
퇴행성관절염에 걸려 걷지 못하는 강아지
차에 치여 다리 부러진 고라니와 길고양이
총에 맞아 날개 잃은 독수리
움푹 파인 슬픈 눈들이 보입니다

육신이 애처롭습니다
모두 속가俗家에 남겨진 부처의 자식입니다
세상엔 제 몫의 고통이 있지만
고통의 고도孤島엔 비애가 숨어 있습니다

이쪽엔 아픈 사람이 잠들고
저쪽엔 아픈 동물들이 깨어 있습니다
병동 사이 휘어진 길을 돌아 나옵니다

살아 있는 지상의 목숨은 조금씩 아픕니다
아픔이 목숨을 이끄는 힘이라고 중얼거리며
어깨의 긴 그림자를 향해 경배합니다
저녁 빗소리의 고요한 묵례

병동과 병동 사이에 병동이 있습니다

왼손을 위한 변명

할머니는 왼손을 묶어 놓고
수저나 연필을 오른손에 쥐어 주었다
왼손은 천대받았다

밥은 오른손으로 먹고 글씨도 오른손으로 쓰고
때리거나 던질 때만 왼손을 썼다
옳은 일은 오른손이
바른 일은 바른손이 하고
천한 일은 왼손의 몫

졸지에 오른쪽 어깨에 탈이 났다
끊어진 인대를 당겨 붙이고
베개만 한 팔걸이를 하고
달포 동안 오른손을 모셨다

지하철에서
오른팔이 없는 노신사와 마주쳤다
반갑게 왼손으로 악수하고
정답게 손을 흔들었다

오른쪽과 왼쪽의 경계가 없어졌다

불면

성서는 믿는 자에게 단잠을 준다고 했는데 김수환 추기경은 30년 동안 불면에 시달렸다고, 하느님의 사제가 무엇 때문에 잠 못 이루었을까

듣건대 80년대 명동성당으로 숨어든 젊은이들을 지켜주기 위해 사흘 밤낮을 경찰과 맞서 나를 밟고 가라고 외쳤다 그리고 불면증과 친한 친구가 되었다

내 불면은 국가나 민족의 앞날 때문이 아니다 오직 내 몫일 뿐이다 나만을 골똘히 생각하다 훤히 밝아 오는 새벽 문득 핏발 선 내 눈동자와 마주한다
허깨비와 싸우지 말자

영하 15도를 오르내리는 혹한 속에 혼자 깨어 있는 지상

의 별이 몇이랴 절룩이며 밤새 고통의 계곡을 넘는 길동무
가 얼마나 되랴 살아 있어 잠 못 드는 불면, 불멸의 도반道伴
이여,

　이 밤 별들의 가슴을 밟고 가라

챔픽스*

안절부절, 갈급령나 견딜 수가 없다
담배는 그립지 않은데
인생이 무상이다

우울증이 아닌가 전화를 했다
증세를 묻기에
누군가 보고 싶다고 했다
사람이 그립다고 했다
인간적이란다
인간적이란 진단도 있나
그동안 나는 짐승으로 살아왔나

참 인간적으로
반송반송 잠이 오지 않는다

화장실에 앉아 몰래
담배 한 모금 빨았다

인간적이며 비인간적인 밤

그래, 우울해도 좋다
쑥 먹듯 마늘 먹듯 챔픽스 먹고
인간적으로 우울하자

*금연 치료의 보조 약품명

한객寒客

납월臘月에 납매臘梅 핀다
눈보라꽃 춥게 핀다
갈로리만 먼 길 돌아
맨발로 찾아온
천리포 눈발 추운 손님

말을 뱉지 않고
괄낭 속에 묶어 두면
너는 비로소 서늘한 몸을 열어
어느 이른 봄날
천리까지 적요寂寥가 번져 가겠지

4

미안하다, 가을

꼭두새벽 서둘러 어딜 가시나,
새벽달이 이죽거린다
히죽거리며 걸어 동인천 급행전철 탄다
구로, 부천, 부평……
칸칸마다 잠이 가득 채워진다
출근 가방 부둥켜안고
토막잠들 흔들거린다

잠이 모자란 청춘아, 미안하다

연안부두에서 배 타고 섬으로 간다
자월도 민박집 바람벽에
시 몇 줄 그어 놓고
낮술에 취해 해롱대다 말춤이나 춘다

달랑게 따라 해안사구 여기저기 헤집고 다니다가
놀고 먹는 게 미안해져
쏙처럼 뻘밭에 숨는다

깊어지는 가을 물살
쓰린 가슴속 어디서 섬 하나
"쏙" 솟아난다

미안하다, 가을

반동

오래 닫혀 있던 문을 열려고 힘껏 잡아당겼다
잡아당길수록 문짝과 문짝이 서로 맞물고 놓지 않았다
에라, 그만둬라!
화풀이로 문짝을 세게 걷어찼다
그 순간, 문짝이 튕겨 나와 이마를 후려쳤다
눈앞에 별이 번쩍!

아버지가 송아지와 실랑이를 했다
아버지는 외양간으로 고삐를 힘껏 당겼고, 송아지는 앞발
을 들고 필사적으로 버텼다 곁에서 지켜보던 어린 아들이
배꼽을 쥐고 웃었다 송아지 뒤로 다가간 아들이 송아지 꼬
리를 잡아당기자 송아지는 튕기듯 앞으로 달려 들어갔다

어이없어,

혹이 난 이마를 쓰다듬는다

열린 문고리를 잡아당기자 삐걱삐걱

이 바보야,

억지 부리지 마라

힘자랑한다고 일이 되더냐

그래, 난 아직 멀었다

까불지 말자

문은 뒤에도 있다

집 없는 새

밤새 추위에 떨며 내일은 집을 지어야지,
동이 트면 간밤 일은 까맣게 잊고
햇살 따라 신나게 놀다가
평생 집을 짓지 못한 새
야명조소조夜鳴朝笑鳥*

그 새를 찾아 히말라야 설산을 헤맸다
그런 새는 없다

히말라야에서 보지 못한 새를
서해 이작도에서 보았다
25억 1천만 년 된 암석
그 위에 손을 얹자
검은 바위 속에서 새 한 마리 솟아올라

노을 지는 모래섬 풀등**으로 날아간다

사리 때는 울고 조금 때는 웃는 새
25억 1천만 년 동안 울고 웃었을
만명간소조滿鳴干笑鳥
히말라야 새와 동족이다

나도 그들과 동족이 아닌가

*불교 설화 속 상상의 새. 후세 사람들이 '밤에 울고 아침에 웃는' 다는
 뜻을 새겨 우화적으로 지은 이름
**대이작도 앞바다, 썰물에 드러나고 밀물 때는 바닷물에 잠기는 거대
 한 모래톱의 섬

일상日常

작심삼일作心三日,
열 번쯤 하다 보니 한 달이 가고
백 번쯤 하다 보니 일 년이 갔네
몇십 년을 되풀이하며
여기까지 왔을까

작심作心을 탓하지 말자
책을 읽고 싶지 않을 때
읽지 않고 덮을 권리가 있다
시를 쓰고 싶지 않을 때
쓰지 않고 접을 권리가 있다

또한
읽고 싶을 때 읽을 자유

쓰고 싶을 때 쓸 자유가 있다

마음 가는 대로 천천히
읽고
쓰고
걷는다

이 평범한 일상日常이 안녕이다

마음

가만히 앉아 있지 못하는 새

잡히지 않는 새 한 마리 잡으려고
책걸상을 새로 들여놓았다
자리를 치우고
한참을 바라보다
허虛, 망忘을 잡았다

요동치는 마음을 지켜보는
또 다른 마음
들고 있던 의자를 놓아 버렸다
허망을 놓아 버렸다

한빈사원 가는 길

순례자는

보는 것을 믿지 않는다

믿는 것을 보려 할 뿐이다

초식동물의 뼈를 쫓아가면

한빈사원에 이른다 모래언덕 너머

푸른 늑대가 살았다는 비산계곡

시간과 겨루기에서 슬프지 않은 것은

세상에 없다

화석 같은 흔적만 남기고 떠나가는 야생의 슬픔을 보았는가

멀리 허브밭으로

양을 팔고 돌아가는 원주민의 뒷모습 같은,

한빈사원은 안개 속에 폐허가 덧칠해진 오래된 슬픔

뼈만 남은 사원은 바람에 늙어 달챙이 숟가락만 하다
폐허를 지키며 폐허를 찾아오는 순례자들에게 시주를 받아
폐허와 함께 살고 있는 유민들
잔나바자르 스님이 탱화 속에서 펄럭인다

나그네에게 길을 내주는
초식동물의 뼈는 무상경전이다
폐사지에서는 사람이 신이다

오래된 느릅나무 아래
늙은 비구니 스님이 졸고 있다

퍼포먼스

8월의 광장, 포크레인이 땀을 흘리며 그림을 그린다
　운동모자를 눌러쓴 노老화가가 먹물을 듬뿍 찍어 광장에
흩뿌린다

나는 카페에 앉아 통유리 밖을 내다보며 파스타를 먹는다
먹물 묻은 국수 가닥을 포크로 돌돌 말아 입에 넣는다

땅을 파고 돌을 깨던 삽차가 싸리비만 한 붓을 매달고
멍석만 한 흰 천 위를 휘젓고 다닌다
연체동물처럼 흐느적거리며 점을 찍고 선을 긋는다

입안으로 빨려 들어오던 오징어 먹물이 떨어져
파스타 접시가 심해처럼 깊다

포크가, 포크레인이, 꿈틀 진화한다
포크레인의 무한궤도를 따라 노<ruby>老<rt></rt></ruby>화가 무한 천공으로 날
아간다

느닷없이 미궁 속에서 선회하는 붕새 한 마리
햇살이 아픈 8월, 광장이 서늘해진다

파푸아뉴기니

갈 수 없으면 마신다

코끝에서 바람이 원을 그린다

갈 수 있는 나라, 1111번 버스 타고 간다

라틴아메리카, 지구 반대편

블루마운틴 에코 포인트를

한 여인이 갈아서 내게 건넨다

뒷맛이 새뜻하다

테이크아웃, 한손에 들고

유칼리 나무 아래 앉아

애면글면하던 꿈자리 털어 내고

시계를 버린다

둘레둘레 저녁 거미 입안 가득 내린다

농익은 칼리브 향기

미래는 뒤에 있고 과거는 앞에 있다
웅숭깊은 파푸아뉴기니 여인의 생두에서
풋고추 냄새가 난다
맨몸에 나뭇잎 하나 날아와 숨는다
비꽃 흩날린다

솔비

아프다
뽑고, 때우고, 갈고, 씌우고
얼굴 가리고 눈 감아도
은행잎 노랗게 눈앞에 지고 있다

성 아래 베들레헴 어린이집
아이들 셋이 걸어온다
여섯 살 솔비는
주민번호를 몰라 치료도 못 받고
돌아가며
벌레 먹은 이를 가리고 웃어 보인다

성북동 성 너머 솔비의 뒤가 저녁빛이다
죄도 없이 눈만 큰 아이

참 아프겠다

가을엔

벌레 먹은 사과도 버리지 말라 했다

쇄락灑落

속을 비웠다
밤새 쏟아 내고 장을 비워 냈다
의사가 속을 들여다보았다
잠깐 동안 잠자고 깨어나
내가 내 속을 들여다보았다
요상하다

병원 문을 나와 길을 걸었다
맨 속일 때
맨얼굴일 때 쇄락하다

속속들이 들여다보아도
내 속에 보이지 않는 것이
숨어 있다는 것을 남들은 모른다

얼음 속에 물이 흐르고 있다

쇄락하다

속단풍

송광사 본전 그냥 지나쳐
불일암佛日庵이 궁금해 오솔길 타고 올랐지
스님도 안 계신데 나무 등걸에 걸터앉아
무소유無所有에 관해 얘기했지
볼품없이 낡은 나무 의자 하나 남겨 두고
날 저무는데
어스름이 먼저 산을 내려가는데
너는 단풍이 온 산을 밝혀 환하다고 했지

너무 늦었다
우리가 꽃이 되기엔, 불이 되기엔
너무 늦었다
단풍은 산에 두고
무소유 길 되짚어 서둘러 가자

단풍은 지금이 제철이지만
마음속 단풍은 시시때때로 들고 있는데
물소리가 남고 물소리가 지워지는데

지구에 뭐 하러 왔어요

오랜만에 동창회에 나갔다
장사하는 친구가 시종 돈 자랑, 돈타령이다
곁에서 지켜보던 친구가 벌떡 일어나
"너, 지구에 뭐 하러 왔냐,
 돈 벌러 왔냐"

나는 지구에 뭐 하러 왔을까,
제주행 비행기 8천 킬로미터 상공에서
빛의 속도로 600년이 걸린다는
슈퍼지구 케플러22를 생각하다가
고산에 짐을 풀고 앉아 바다를 보며
혼자 40년 동안 지구를 60바퀴 돌았다는
일흔 살 향유고래의 여정을 생각하다가
머리가 지근지근 아파 올레 돌담길을 한 바퀴 도는데

동네 할머니가
"제주에 뭐 하러 오셨어요" 묻는다
얼떨결에 "그냥, 왔어요" 대답했다

그래,
내 몸속에 나도 모르는
어떤 '부름'이 있어
그냥 지구에 왔고
또 그냥 제주에 왔다

온축蘊蓄과 눈부처의 수행

이경호 | 문학평론가

온축蘊蓄과 눈부처의 수행

이경호 | 문학평론가

이 시집은 처음에는 '기행紀行' 처럼 읽히다가 다음에는 '순 례' 처럼 여겨지고, 마침내는 '수행修行' 으로 받아들여진다. 여 행은 자유롭고 순례는 수행의 대상이거나 화두를 환기하는 여 행이라는 점에서 여행과 수행의 중간 성격을 간직하고 있다. 이 시집의 절반 이상이 제주를 다루고 있다는 점에서 제주를 일례로 삼아 보자. 제주는 처음에 가벼운 여행의 대상이었던 듯하다. 그러던 곳이 시쓰기와 삶을 돌아볼 만한 예사롭지 않 은 순례지로 부상했다가 마침내는 터를 얻고 시창작과 마음의 수행처로 자리를 잡게 되었으리라. 그런데 여행과 순례와 수행 의 성격이 매듭짓고 분리되어 버린 것 같지는 않다. 여행에서 수행으로 확장되어 버린 듯한 그 성격은 언제라도 거꾸로 진행 될 법하기도 하다. 어쨌거나 행복한 시쓰기의 방편이랄 수도 있겠다. 여행의 즐김과 설렘을 삶의 깨달음과 시쓰기의 결실로 이어 놓을 수 있다니 이렇게 볼 수도 있겠다. 여행이 깨달음과 시쓰기를 빚어 냈다기보다 시쓰기의 욕망이 여행과 순례의 여정을 이끌어 냈다고. 나에게는 그 관계가 의도라기보다 '인연因緣'으로 해석된다. 그리고 그가 이런 관계를 이끌어 냈다기보다 그가 이런 관계 속에 휘말려들었다는 느낌까지 든다.

그런데 인연처럼 보이는 관계를 이끌어가는 동력이랄까, 시인의 '사로잡힌 무의식'이란 것이 있을 법하기는 하다. 어차피 불가의 '인연'을 지칭하고 싶지는 않기 때문이다. 그런 점에서 이번 시집에서 두드러져 보이는 두 가지 어휘를 지적하고 싶다. 바로 '온축蘊蓄'과 '눈부처'라는 낱말이다.

온축은 이번 시집의 '제주 시편'에 속하는 「혼자 밥 먹다」에 언급되어 있다.

가을 한철 '자발적 유배' 살이를 했다

추사는 내가 기거하는 고산과 이웃한 대정 귤중옥橘中屋에서 9년 간 '위리안치圍籬安置' 유배살이를 했다

가시방석에 앉아 혼자 밥을 먹으며 추사는 무슨 생각을 했을까

키이스 페라지의 「혼자 밥 먹지 마라」를 읽으며 혼자 밥을 먹는다

앞집, 옆집, 뒷집에 혼자 사는 할머니들도 혼자 밥을 먹는다

"서쪽에서 빛살이 들어오는 주방, 혼자 밥을 먹는 적막"에서
시간과 겨루어 슬프지 않은 사람이 있을까

추사는 가시밥을 먹고 한기 서린 책을 읽으며 세한도歲寒圖를
그렸다 그에게 혼자 밥 먹는 일은 온축蘊蓄의 의식이었으리라

추사 곁에서 배운 '온축'의 힘으로 시를 쓴다

자발적 유배지에서 쓴 시가 사막에 버려진 무상 경전이 뇌어
도 좋으리

　　　　　　　　　　　——「혼자 밥 먹다」 전문

추사의 유배 생활과 연관되어 있는 온축은 본래 "오래도록
연구하여 학문이나 지식을 많이 쌓음"이란 뜻과 "마음속에 깊
이 쌓아 둠"이라는 뜻을 간직하고 있다. 시간의 지속성과 공간
의 깊이를 아우르는 셈이다. 수행의 성격으로 맞춤하다. 추사
의 유배 생활도 두 가지를 아우르고 있다. 9년 동안의 유배 생
활이라면 만만치 않은 시간의 지속성을 내포하고 있다. 그런데
공간의 깊이는 예사롭지가 않다. 온축이란 말의 본래 뜻이 마
음속을 공간의 대상으로 삼고 있기 때문이다. 마음속이란 것이
복잡한 법이니 그 뜻을 따져 보기도 만만치가 않다. 추사의 경
우 마음속은 '위리안치'라는 처소의 특성과 연루되어 있다. 그
런 처소의 특성은 이중의 유배 생활이라 부를 만하다. 섬으로

128

의 유배라는 것이 일차적 고립인데 가시로 울타리를 두른 거처 환경이 섬 속에서의 또 다른 고립이라는 고통을 배가하고 있기 때문이다. 시에서 배가된 고통은 "가시방석"이나 "가시 밥", "한기 서린 책" 등으로 묘사되어 있다. 그러나 자주 반복되면서 추사로부터 시의 화자에게까지 직접 전이되고 있는 아픔은 "혼자 밥 먹는 일"이다. 시의 화자는 그것의 절실함을 내세우고 싶었던지 박경리의 시에서 "혼자 밥을 먹는 적막"이라는 구절을 인용해 보이기까지 한다.

그런데 시에서의 고통은 사뭇 역설적인 묘미를 선보인다. 그런 묘미가 사실은 이 작품의 진수인 셈이다. 첫 행에서 시의 화자는 "자발적 유배살이"라고 언급한 바 있다. 이런 언급은 사실상 의도적 수행의 노림수를 암시하고 있다. 공간의 고립을 상징하는 혼자 밥 먹기와 고립된 시간의 지속성을 시를 쓰기 위한 수행의 방편으로 삼고 있기("추사 곁에서 배운 '온축'의 힘으로 시를 쓴다") 때문이다.

묘미는 이런 정도에 그치지 않는다. 시 쓰는 수행의 머릿돌로 삼고 싶어하는 '온축'의 속내를 따져 보아야 하기 때문이다. '온축'이란 것이 그저 지속적으로 공부하는 마음만으로 마련될 수 없다는 사실을 시의 화자는 잘 알고 있는 것이다. 제주에서 그의 수행이란 기실 이런 '온축'의 속내를 온몸으로 깨달고 마련하는 과정으로 보인다.

　그런 점에서 먼저 '온축'의 한 가지 속성인 궁리하는 시간의 지속성을 삶과 시쓰기의 내력으로 마련하는 과정부터 살펴보도록 하자.

　　쥐며느리가 돌 틈에서 기어 나온다
　　돌이 봄이 왔음을 알려 준 것이다
　　쥐며느리의 시간은 상대적이다
　　추우면 검은 돌 속에 들어가 잠을 자면 된다
　　시간을 잊으면 잊은 만큼 길어진다

　　내가 인사동 거리를 걸을 때
　　누군가와 만나고 헤어질 때
　　버스를 타고 시계를 보며 조바심 낼 때
　　시간은 절대적이다
　　도시의 시간은
　　길이와 주기가 일정하기 때문이다

　　날이 추워지면 제주 빈집에 간다
　　빈집의 시간은 멈춰 있다

보일러 타이머를 보며 시간의 온도를 잰다

밖이 추우면 10도의 눈금에서도 불이 붙는다

온도를 올려놓고 잠을 잔다

쥐며느리는 돌 틈에서, 나는 돌집에서 잔다

가끔 바람의 온도가 달라지는 것을 느끼며

올레길을 걷는다

발끝이 시간의 온도를 정확히 감지한다

쥐며느리들이 마당을 바삐 기어 다닌다

봄이다,

나는 비행기 시간에 맞춰 짐을 꾸린다

쥐며느리의 시간 속에서 나와

도시의 시간 속으로 날아가기 위해

──「시간의 온도」 전문

　　이 시편 속에서 시의 화자가 탐구하는 시간의 지속성을 마련
하는 비결은 '쥐며느리의 시간'을 살아 내는 방법 속에 있다.
그 시간을 "쥐며느리의 시간은 상대적이다"라고 말해 보지만
관념적이라 실감은 크지 않다. 오히려 봄이 되면 "쥐며느리가
돌 틈에서 기어나"오고, "추우면 검은 돌 속에 들어가 잠을 자

면 된다"는 사실이 '쥐며느리의 시간'을 실감하게 해준다. "잠을 자면 된다"는 사실은 동면을 환기하는 데 그치지 않고 "시간을 잊으면 잊은 만큼 길어진다"는 중요한 진실을 일깨우는 내용으로 확장된다. 시간을 잊는 것이란 문명의 시간, 즉 '시간의 절대성'을 잊어버리는 일을 말한다. 바꾸어 말해서 문명을 살아가는 시간의 방식을 잊어버리고 자연을 살아가는 시간의 방식을 간직하는 일이다. 따라서 "시간을 잊으면 잊은 만큼 길어진다"는 시행은 자연을 살아가는 시간의 방식으로 시간의 지속성을 마련한다는 뜻을 내포하게 된다.

이 작품에서 자연을 살아가는 시간의 방식을 체험하는 일은 작품의 제목 그대로 '시간의 온도'를 느껴 보는 것이다. 그리고 시간의 온도를 느끼는 과정이 이 작품의 요체다. 시간의 온도는 '보일러 타이머'와 '바람의 온도'로 대변되고 있다. 우선 보일러 타이머부터 살펴보도록 하자. 난방 보일러를 켜본 사람이라면 시간마다 주기적으로 작동되는 방법과 온도에 따라서 작동되는 방법 중에서 한 가지를 선택해야만 한다는 사실을 알고 있을 것이다. 그 선택은 이 작품의 전반부에 등장했던 절대적 시간과 상대적 시간 중에서 선택하는 것과 다르지 않다. 시의 화자는 온도에 따라서 보일러가 작동되는 방법을 택한다 ("밖이 추우면 10도의 눈금에서도 불이 붙는다"). 그는 절대적 시간을 배제하고 상대적 시간을 선택한 것이다. 문명의 기계를 자연의 운행 방식에 맞도록 조절해 놓은 셈이다. 그리하여 "쥐 며느리는 돌 틈에서, 나는 돌집에서 잔다"는 생활의 일체감이나 조화가 마련된다. 두 생명체가 모두 자연의 온도에 맞추는 삶을 살아가게 된 것이다. 이제 시적 화자의 몸은 "바람의 온도가 달라지는 것을 느끼며 올레길을 걷"기도 하고, "발끝이 시간의 온도를 정확히 감지한다"는 사실을 확인하기도 한다. 이렇게 자연의 온도에 적응하는 일이야말로 참다운 시간의 지속성을 마련하는 삶이기도 하다.

그런데 이번 시집 속에서 시간의 지속성은 자연의 온도에 적응하는 삶의 체험만으로 채워지지는 않는다. 자연이 제공하는 시간의 지속성은 삶의 다른 속성들을 결정체로 응축시켜 놓기도 하는 법이다.

한 삭이 몇 삭으로 부풀고
사나흘이 삼 년이 되면
온몸 저린 슬픔의 결이 삭아 내려
골기骨氣만 남는다

———「절해고도絶海孤島」 부분

흙 속엔 화산탄이 살고 있다

바람이 그 독毒을 보듬어 품고 다독인다

뜨거운 흙과 차가운 바람이 만나

극剋을 생生으로 여민다

비방秘方이 거기 있다

—「비방秘方」부분

　시간의 지속성이 마음에 부려 놓는 결정체가 '골기'라면 시
간의 지속성이 흙 속에 부려 놓는 또 하나의 결정체가 '화산
탄'인 바 그것들은 동질성을 간직하고 있다. 추사가 위리안치
의 7년 세월 동안 마음속에 부려 놓은 것도 이와 같을 것이다.
이것들이야말로 '온축'의 결정체라 일컬을 만하다. 그런데 '온
축'의 결정체는 마음속에 쌓이는 것으로 그치지 않는다. "추사
는 가시밥을 먹고 한기 서린 책을 읽으며 세한도를 그렸"는데
'세한도'야말로 온축의 결정체로 삼을 만하기 때문이다. 시쓰
기의 수행을 온축의 목표로 삼는 그에게도 마땅히 다른 결정체
의 자취가 표현되었을 법하다.

　말을 뱉지 않고

　꽐낭 속에 묶어 두면

너는 비로소 서늘한 몸을 열어

어느 이른 봄날

천 리까지 적요寂寥가 번져 가겠지

——「한객寒客」 부분

지상으로 솟아올라 하늘을 꿈꾸는

공기 속의 뿌리

기근氣根은 반란이다

잠자는 생명의 근원을 흔들어 깨우는

뜨거운 충동,

말 저편에 있는 말을 끌어당겨

살아 있는 말의 몸으로 바꾸는

반란의 영기문靈氣文이다

——「기근氣根」 부분

　예상했던 대로 시쓰기를 지향하는 언어의 결정체에 대한 자의식과 상징이 표현되고 있는데 주목할 점이 눈에 뜨인다. 무엇보다도 언어의 결정체가 간직하고 있는 속성이 온축과 상반되는 방향성을 드러내고 있기 때문이다. 언어의 결정체를 "괄낭 속에 묶어 두"는 상태가 아니라 "몸을 열어"서 "천 리까지"

뻗어 나가는 모양으로 보여 준다는 점, 그리고 무엇보다도 "지상으로 솟아올라 하늘을 꿈꾸는" 방향성이나, 근원으로 응축되기보다 "근원을 흔들어 깨우는" 속성이 그야말로 온축에 대한 "반란"을 도모하고 있는 것처럼 보이기 때문이다. 이것은 응축된 적요의 결정체가 아닌 것이다. 따라서 온축과는 다른 시쓰기의 수행법을 찾아낼 수밖에 없다.

외할머니는 늘 남다른 사람이 되라고 타이르셨다.
그러나 나는 불빛 휘황한 세상을 꿈꾸었지

깊이 박혀 있는 시간의 대못을 뽑고 옛집 터에 들어선다.
청상青孀으로 종갓집을 지킨 외할머니, 외숙모의 목소리가 들려온다.
외할머니, 저 남다른 사람이 되지 못했습니다, 딴 세상은 손에 잡히지 않는
헛꽃이었습니다.
토우土偶 두 개를 묻었다.
흙 속에서 빛나는 저것, 내가 감춰 둔 유리구슬이다.

——「유년의 유리구슬」 부분

그 수행법은 일단 시간의 지속성을 현재로부터 과거의 방향으로 돌려놓는 것이다. 유년 시절로 거슬러 올라간 삶의 추억은 "남다른 사람이 되지 못"한 삶에 대한 자책이면서 새로운 삶을 잉태하기 위한 수단의 역할을 감당하게 된다. 그런 수단으로 추억의 지층에서 발굴해 내는 것이 바로 '유리구슬'이다. 유리구슬이 예사롭지 않은 까닭은 그것이 바로 '토우'와 동일시되고 있기 때문이다. 토우란 흙으로 빚어 낸 사람의 형상이다. 그것을 유리구슬이라 칭하는 마음은 자신이 되어 보지 못한 "남다른 사람"에 대한 소망을 간직하고 있다. 그런데 자신보다 온전한 존재로 거듭나고 싶어하는 토우의 상징이 유리구슬과 겹치면서 보다 중요한 역할을 수행하게 된다는 점을 주목할 필요가 있다.

선사유적지 발굴 현장 근처
발길에 무언가가 밟힌다
수크령 풀섶에 새끼 고양이 한 마리
숨어 울고 있다
야옹아, 야—옹아!
살금살금 다가와 발등에 볼 부비며 다리 사이를 맴돈다
뼈만 남아 앙상한 어린것아,

생존에 미숙한 어린것아, 기다려라,

집으로 달려가 고기 몇 점 싸들고 되짚어 갔다

허겁지겁 배를 채우고 나를 올려다본다

이제 살겠다는 듯 가는 신음 소리 들린다

눈에 밟혀 이튿날 꽃멸치 한 움큼 들고 찾아갔다

바짓가랑이 타고 올라 내 볼을 핥는다

저물도록 마주 앉아 눈맞춤을 하고 있다

고양이 눈에 석양빛 받은 내 얼굴이 얼비친다

아, 네 안에 내가, 내 안에 네가,

우린 서로에게 눈부처로구나

길에서 만나는 눈부처로구나

가던 발길이 자꾸 멈칫거리는 것은

살아서 만나는 눈부처가

길가 어딘가에 들어 있기 때문이다

———「눈부처」 전문

또 다른 유적지에서 발굴되는 토우가 등장하고 있는데, 그것
은 신비롭게도 살아 있는 유리구슬의 존재이다. 그것은 바로

"새끼 고양이"의 두 눈동자이다. 그것은 나와 눈으로 소통하는 절실한 생명의 존재이다. "저물도록 마주 앉아 눈맞춤을 하고 있"는 새끼 고양이는 어쩌면 어린 시절에 내가 외할머니로부터 당부를 들었던 "남다른 존재"의 분신일지도 모른다. 남다른 존재란 기실 내가 스스로 남보다 뛰어난 존재로 자라나는 '비교의 개념'이 아니라 남과 진실하게 마음을 나눌 수 있는 존재로 성장하는 '소통의 개념'을 가리켰던 것이다. 소통하는 존재의 가치를 시의 화자가 얼마나 소중하게 기리는지는 "우린 서로에게 눈부처로구나" 하는 깨달음 속에서 찾아낼 수가 있다. 스스로 부처가 되는 일은 불가능하더라도 소통하는 마음으로 서로에게 부처가 되는 마음을 인정하는 시선이 바로 그것이다.

앞에서 온축의 본래 뜻 가운데 "마음속에 깊이 쌓아 둠"이라는 것이 있었다. 온축이 그런 것이라면 눈부처의 마음은 "마음을 온전히 열어 두고 나누는 것"이 되겠다. 온축이 위리안치의 조건에서 연마되는 마음의 수행법이라면 눈부처는 길 위의 수행법이라는 사실도 주목할 필요가 있다. 마지막 행에서 "살아서 만나는 눈부처가/길가 어딘가에 들어 있기 때문이다"라는 깨달음이 그런 전언을 들려준다.

하지만 서로의 마음을 열어 놓고 들여다보며 삶을 나누는 일이 예사로울 수는 없으리라. 지극한 일인 만큼 그런 수행의 방

법을 실천하기란 지난할 수밖에 없다. 다음 시편은 그런 소통
의 묘미를 실감하게 만들어서 이채롭고도 귀하다.

　　　간밤 예쁜 오름 하나 품고 잤다
　　　다랑쉬 그녀, 오리무중이다

　　　구좌읍 세화리와 송당리
　　　비자림에서 만난 노인에게 물었다
　　　손으론 동쪽을 가리키며 남으로 가란다
　　　망연茫然하다

　　　건너편 용눈이에 오른 뒤에야 알겠다
　　　다랑쉬에 가면 다랑쉬가 보이지 않는다
　　　너에게로 가면 네가 보이지 않는다
　　　용눈이에서 건너다본 다랑쉬 그녀,
　　　굽이치며 흐르는 달항아리 능선
　　　예쁜 아기 잉태한 어머니다

　　　오름과 오름 사이
　　　어깨를 맞대고 누워 있는

너와 나 사이

달이 뜬다

푸른 독 품은 달빛이 굼부리에 묻히고

우두커니 마주 보는 어둠 속 너와 나,

이제야 너에게로 가서

나를 보겠다

——「다랑쉬」 전문

   동물들도 눈이 앞으로만 달려 있지는 않듯이 다랑쉬는 '측화산'이라서 분화구가 옆에 감추어져 있다. 노인이 "손으로는 동쪽을 가리키면서 남으로 가란다"는 이치가 바로 그것이었다. 이런 이치야말로 소통과 나눔의 기묘한 이치를 환기시켜 준다. "너에게로 가면 네가 보이지 않는" 것이 삶과 시쓰기의 소통을 연마하는 수행법에서 감당해야만 하는 난관이기 때문이다. 이 난관을 체험하고 돌파하는 일이야말로 길의 수행법에서 관건의 자리를 차지할 것이다. 이 난관을 돌파하는 데 큰 도움이 될 만한 하나의 "戒"를 시의 화자는 "귀틀마루 앉은뱅이책상"에서 얻어 낸다.

   책상을 어루만지다 손끝에 거스러미가 들었다

거스러미 뽑아 내고 책상을 뒤집어 들여다본다

아무 칠도 하지 않은 백골白骨에

몇 글자 숨어 있다

계신공구戒愼恐懼

누군가가 주는 계戒

이것이 귀틀마루 앉은뱅이책상이 내게 온

본뜻인가

───「귀틀마루 앉은뱅이책상 앞에 앉아」 부분

　시의 화자는 "어느 초가집 쪽마루(같은 시)"를 앉은뱅이책상
으로 맞이하게 되었다. 그 책상과의 만남도 눈부처의 인연인
셈이다. 그 책상을 소중하게 어루만지다 하필이면 "손끝에 거
스러미가 들었다". 바로 이 상황이야말로 시의 화자와 책상이
서로에게 눈부처로 만나는 인연을 대표할 만하다. 소중한 것으
로부터 상처를 얻은 체험이 삶과 시쓰기에 대한 깨달음으로 인
도하기 때문이다. 시의 화자는 거스러미를 빼내고 거스러미를
만든 곳을 찾아본다. 그곳은 책상의 뒤편이었던 듯하다. 그래
서 시의 화자는 책상을 뒤집어 본다. 그곳에 매끈하지 않은 부
분이 있었는지, 실제로 "계신공구"라는 네 글자가 적혀 있었는
지를 구분하는 일은 중요하지 않다. 이미 그는 거스러미를 통

해서 계신공구의 이치를 깨달았기 때문이다. 『중용』에 나오는 "경계하고 삼가고 두려워하고 위태로이 여기는" 마음가짐을 그 거스러미가 몸의 증상으로 안겨 주었던 것이다. 거스러미의 계율은 눈부처의 길을 다시 온축으로 되돌려 놓는 듯하다. 소통을 실행하기 전에 스스로의 마음을 돌아보는 이치를 단속하고 있기 때문이다. 그렇다면 온축에서 눈부처의 길로 나아갔다가 다시 온축의 마음으로 돌아서는 이 순환의 행로가 그의 삶과 시쓰기를 인도하도록 수락해야 할 것이다. 다음의 시편을 읽으면서 시의 화자의 소망이 이루어지기를 기원하며 함께 '아브라카다브라(뜻: "말한 대로 될지어다"라는 고대 히브리어 주문)'를 외우는 까닭도 거기에 있다. "염 소 한 마리"가 "계신공구"의 온축이 되고 사랑의 소통을 실천하는 눈부처가 될 수 있기를 소망하는 주문이므로.

염소 한 마리의 희망 사진전을 보며 할 말을 잃었습니다

어린 딸을 염소 한 마리 값에도 못 미치는
돈을 받고 팔아 생계를 잇는 나라
그런 세상에 염소 한 마리를 보내면
소녀가 몸을 팔지 않아도 되고

공부도 할 수 있다는 말이 정말입니까, 스님.
어린 시절 외할머니는 허약한 나를 위해
해마다 염소 한 마리씩 보내 주셨습니다
염소 덕분에 내가 명줄을 이었으니
연緣의 밧줄은 서로 얽히고설켜 있는 게 사실이군요
내가 엄소입니까,
염소가 나입니까,

……(중략)……

나를 살려 준 염소가 연기緣起의 바퀴가 되어
먼 나라 이름 모를 누군가를 살려 낸다면
그것이 희망입니다
아브라카다브라

———「아브라카다브라」 부분